ESTE LIBRO
PERTENECE A:

- -

A Laura Llopart, ala, muleta y trampolín de mis textos.
Y a su felino asistente editorial, Lorenzo

BEGOÑA ORO

Papel certificado por el Forest Stewardship Council®

Penguin
Random House
Grupo Editorial

Primera edición: septiembre de 2024
Primera reimpresión: octubre de 2024

Printed in Spain – Impreso en España

ISBN: 978-84-488-6896-3
Depósito legal: B-11.291-2024

Compuesto por Keila Elm
Impreso en Talleres Gráficos Soler S.A.
Esplugues de Llobregat (Barcelona)

BE 68963

El unicornio de las LETRAS

UNA **LIBÉLULA** SIN VOLAR Y UN INVENTO GENIAL

Beascoa

ESTE ES EL
UNICORNIO NICO...

¡NO ES UN UNICORNIO CUALQUIERA!
¡ES EL UNICORNIO DE LAS LETRAS!

NICO ES UN **UNICORNIO BLANCO**
Y TIENE TODO LO QUE UN UNICORNIO BLANCO
SUELE TENER:

UNOS **OJOS** ADORABLES

UN **CUERNO** EN LA TESTUZ

UNA **COLA** ESPECTACULAR

UNA **CRIN** IMPRESIONANTE

PERO HAY ALGO QUE HACE A **NICO** MUY ESPECIAL

SU CUERNO **NO** ES UN CUERNO NORMAL.

¡ES UN **LETRICUERNO**!

CON ÉL DIBUJA **LETRAS**.

Y NO SOLO ESO. A VECES, LE SALEN **LETRAS** AL GALOPAR. O TAMBIÉN AL HACER OTRAS COSAS... ¡NO LO PUEDE EVITAR!

Y CON LAS LETRAS SE PUEDEN VIVIR UN MONTÓN DE AVENTURAS Y RESOLVER TODO TIPO DE PROBLEMAS.

TODO EL MUNDO LO SABE, Y AHORA, CUANDO ALGUIEN TIENE UN PROBLEMA, PUEDE LLAMAR A **RAMÓN**, EL **DRAGÓN DE LAS LETRAS**, O A **NICO**, EL **UNICORNIO DE LAS LETRAS**. Y LO MEJOR ES QUE SIEMPRE SIEMPRE ACUDEN AL RESCATE.

LO QUE NADIE SABE ES QUÉ LETRA LES AYUDARÁ. (PASA LA PÁGINA Y LO AVERIGUARÁS).

LU**L**A **L**A **L**I BÉ**L**U**L**A
VUE**L**A BAJO E**L** SO**L**.

CHOCA CON UN ÁRBO**L**.
¡UN A**L**A SE PARTIÓ!

AHORA NO PUEDE VO**L**AR.
¡Y EN E**L** SUE**L**O ESTÁ FATA**L**!

NICO **LL**EGA A**L** MOMENTO.

¿QUÉ HARÁ CON SU **L**E**T**R**I**CUERNO?

NICO PINTA...

Y SALE...

¡UNA L!

LUL**A** **L**A MIRA.
SON S**O**L**O** DOS PA**L**OS.

CON DE**L**ICADEZA,
CO**L**OCA A **LUL**A EN **L**O A**L**TO.

NICO SA**L**E VO**L**ANDO
DANDO UN BUEN SA**L**TO.

SUBIDA A **LA** L, **LUL**A VE **L**A VIDA.

UN **L**AGARTO

DOS ÁLAMOS

TRES KOALAS

CUATRO **L**I**L**AS

ALETEA CON LAS OREJAS
Y VUELA TAN CAMPANTE.

VE UN HELICÓPTERO

UN LECTOR

UNA PALOMA

LUL**A** VE A**L**GO MÁS
QUE **L**A HACE SUSPIRAR.

VOLANDO VAN MIL MOSCAS. ¡SON TAN DELICIOSAS!

SI PUDIESE VO**L**AR,
SE DARÍA UN BUEN BANQUETE.

¡**L**E ENCANTAN **L**AS MOSCAS!
LAS COME DE SIETE EN SIETE.

SALE DE UNA NUBE
UNA MELENA MULTICOLOR.

¡ES NICO! ¡POR FIN!
Y TRAE LA SOLUCIÓN.

NICO HA INVENTADO UNA **L** ESPECIA**L**.

TIENE UNA TE**L**A DE ARAÑA QUE RESISTE UN VENDAVA**L**.

NICO CO**L**OCA **L**A L
EN UN **L**ADO DE **L**U**L**A.

LE QUEDA A MEDIDA.

¡QUÉ ALA MÁS CHULA!

LUL**A** INTENTA A**L**ETEAR.

ESTÁ TAN DÉBIL
QUE NO **L**OGRA DESPEGAR.

PERO ES SOLO QUE LULA NECESITA ALIMENTO.

LU**L**A A**L**ETEA.
—¡VUE**L**O, VUE**L**O!
¡POR FIN VUE**L**O!

NICO Y **L**U**L**A VUE**L**AN JUNTOS
POR E**L** AZU**L** CIE**L**O.

(Y **L**AS MOSCAS TAMBIÉN,
LEJOS DE**L** PASTE**L**).

APRENDE A DIBUJAR A NICO, EL **UNICORNIO DE LAS LETRAS.**

PODERES DE UNICORNIO

NICO PUEDE HACER LETRAS CON SU CUERNO MÁGICO. USA UN LÁPIZ PARA COPIAR ESTAS PALABRAS Y COMPLETAR LAS L QUE FALTAN.

ME_ÓN

TE_A

SO_

PA_A

VE_A

MIE_

TE_ÉFONO

_INTERNA

CON UNA L

¿TE HAS FIJADO EN QUE LA L ES UNA LETRA GENIAL?
CON ELLA NICO LE HACE UN ALA A LULA.
¿QUÉ OTRAS COSAS PUEDES HACER CON UNA L?
ENCUENTRA LAS L EN ESTA ILUSTRACIÓN:

UNA L RECORTABLE

¿TE ANIMAS A HACER ESTA MANUALIDAD CON NICO?

¡RECORTA LA L Y PÍNTALA CON TUS COLORES FAVORITOS!